屈原投江

国风之战国风云

冯 戈

王进才 绘

海燕出版社

笔墨当随时代

清初，石涛在一幅画的题跋中写道："笔墨当随时代。"此后的中国画家，就擎起了这面不断在绘画技法上改革、创新的旗帜。

当代的我们不禁彷徨于如何选择自己的艺术道路来"随时代"以及如何开拓属于自己的、新的艺术领域。幸好，我们生活在数字时代，它为我们带来了"数字艺术"。这门新颖的艺术有着强烈的时代气息与非凡的魅力，它轻松地打破了原来树立在油画、国画、版画乃至雕塑等艺术门类之间的界限，也在很大程度上避免了传统工具带来的创作障碍，使得我们这一辈在艺术领域之中的人能够更加专心地在造型、色彩、构图等方面锻造自己，以取得艺术创作上的不断突破。冯戈先生绘制的《屈原投江》就是这样一部艺术作品。

这里，要先说说屈原。

屈原，又自云名正则，字灵均，楚武王熊通之子屈瑕的后代。屈原虽忠事楚怀王，但却屡遭奸佞排挤。楚怀王死后，楚顷襄王依旧听信谗言把屈原流放到偏远的湘南，最终屈原在悲愤之下自沉汨罗江。

屈原是中华历史上爱国者的典范，他的正义与热忱在不停的努力抗争中最后被自私和邪恶湮没，后人因此给他赋予了一层浓重的悲剧色彩，为之扼腕叹息。试想当时的屈原，即使在万念俱灰的心境下也不会有一丝一毫的后悔，因为那样等于把之前为之努力的一切统统否定；他也不会觉得自己生不逢时，只有懦弱的人才会那样想。

我们知道屈原，更多的是因为他的文学成就，他忧国忧民的胸怀、行廉志洁的品行无不体现在笔下气魄宏伟、辞章瑰丽的字句中。《离骚》《九歌》等堪称世界文学殿堂的精品，屈原创造的楚辞文体在中国文学史上更是独树一帜，与《诗经》并称"风骚"，司马迁盛赞屈原"虽与日月争光可也"。

我有幸与冯戈先生相识于蜀中，得其款待，一起游览多处名胜，闲谈间感觉出在喧嚣之中冯兄一直保持着蜀人那种悠然自得的飘逸气质，不急功近利，更没有和光同尘。别后，每每仔细欣赏他的作品，也就自然地体会出蜀地才俊所特有的神秀。对于古典文化的理解，对于屈原的崇敬，我们也有相通的见解，冯戈就是带着这样一种虔诚的心态用近二十幅气势磅礴又不失精雕细琢的画面给我们带来了这本《屈原投江》。希望大家能与我一样，细细欣赏和体味冯戈呈现出的这部成熟、真诚的作品。

张　旺

南开大学文学院副教授

中国动画学会会员、天津美学协会会员

战国时期，秦国在商鞅变法之后，经过几代国君的经营，到秦昭襄王时期国力雄厚，兵强马壮，成为能与齐、楚、赵几国抗衡的诸侯国之一。

屈原与楚王本来是同姓宗亲，他少年时曾陪伴楚国太子熊槐一同读书。熊槐即位为楚怀王之后，让屈原担任负责内政和外交的左徒一职。屈原提出了变法强国、联齐抗秦的主张，促成了楚、齐、燕、赵、魏、韩六国的联盟，来对抗不断扩张的秦国，因此得到楚怀王的信任和倚重。

楚国的一些大臣因为变法侵害到自己的利益，就不停地在楚怀王面前说屈原的坏话，楚怀王偏听偏信，把屈原贬为负责宗庙祭祀和贵族子弟教育的三闾大夫，并慢慢疏远屈原。

落日的余晖为楚国的都城郢(yǐng)铺上了一层金黄，郊外的芦花随着微风慢慢飘逝。一驾飞驰而过的马车打破了驿道上原有的寂静，车里的人叫张仪，他得到屈原失宠的消息后，自告奋勇向秦惠文王请命来楚国离间楚、齐关系。

张仪进入郢都之后，先贿赂了靳尚等一群受楚怀王宠信的大臣，随即在他们的簇拥下来欺骗楚怀王说："秦国国君很仰慕您的威名，如果贵国能和齐国绝交，那么秦国就愿意归还从前占据贵国的商、於一带六百里土地，并且与贵国结盟。"

六百里土地的诱惑让楚怀王不顾屈原等大臣的反对，答应了张仪的要求，并派使者跟随张仪一同去秦国接收土地。

11.

回到秦国之后，张仪立刻躲在家里装病，一连几个月都不见楚国使者，同时还放出话来说："交往断了还可以再续，可土地割出去就要不回来了！"这话传到楚怀王耳朵里，楚怀王就派人去当面把齐宣王骂了一顿，表示和齐国彻底绝交。齐宣王也勃然大怒，转而去与秦国联合。

直到这个时候，张仪才让楚国的使者来接收一块六里的土地，并说答应楚怀王的原本就是从他私人田产中划出来的这六里土地，并不是什么六百里。

楚怀王知道自己被张仪欺骗之后，大发雷霆，接连两次出兵攻打秦国，都大败而归，还丢失了汉中的大片土地。

楚怀王后悔当初没有听屈原的话，于是请屈原出使齐国，修复与齐国的关系。

秦国担心齐、楚两国再次联合来对抗自己，就提出愿意归还一半汉中的土地给楚国。楚怀王记恨张仪，就告诉秦国说：不要汉中的土地，只要张仪的性命。张仪仗着楚国有靳尚等大臣替他说话，就再次来到楚国，一番花言巧语哄得楚怀王消了气。

　　等到屈原从齐国回来，建议楚怀王把张仪杀掉的时候，张仪早已走得无影无踪了。

几次反复之后，楚怀王还是和秦国订立了盟约，这一举动终于惹怒了齐、韩、魏三国，他们联合起来攻打楚国。楚怀王连忙向秦国求救，并把太子横送到秦国做人质，秦国这才派出兵马援救楚国，击退了三国的军队。

屈原因为极力反对楚国和秦国结盟而被逐出郢都，流放到汉水北边的地方。

不久，太子横在打死秦国的大夫后逃回楚国。秦王大怒，出兵攻打楚国；在夺取了楚国的八座城之后，秦王写信请楚怀王到秦国境内的武关会面。

　　这时候，屈原已经从流放地回到郢都。他和令尹(战国时楚国执掌军政大权的最高官职)昭睢知道秦国一向言而无信，都劝楚怀王不要赴会，但公子子兰和靳尚等人惧怕秦国军队再次攻打过来，就竭力催促楚怀王立刻动身去武关。

　　楚怀王的队伍一进武关，就被等在那儿的秦国兵马劫到了咸阳。秦王用下国礼节对待楚怀王，逼他把黔中的土地割给秦国，楚怀王没有答应，被秦王囚禁。

25.

昭雎与屈原得到楚怀王被关押的消息，立刻把太子横立为国君，历史上称为楚顷襄王。楚顷襄王即位后听信谗言，让子兰代替昭雎做了令尹。

不久，楚怀王客死秦国，他的尸体被送回楚国安葬。楚国上下悲愤不已，秦、楚两国也因此断绝了来往。

27

楚顷襄王六年(公元前293年)，秦国派大将白起攻打韩国、魏国，大获全胜。随后秦昭王又向楚国宣战，楚顷襄王不敢与秦国为敌，只好和秦国结为姻亲，求得暂时的安定。

屈原劝告楚顷襄王远离心术不正的大臣，这些话招来了子兰和靳尚等人的嫉恨。他们在楚顷襄王面前进谗言，说屈原的话是在指责楚国君臣不孝不忠。楚顷襄王听了之后怒不可遏，把屈原革职之后流放到更为偏远的湘南。

屈原眼看着楚国的国势一天天衰落，百姓的生活一天天艰苦，自己却无能为力，便把愤懑的心情融入《离骚》《天问》《九章》等千古不朽的诗歌名篇中，以此抒发自己对楚国的热爱和决不随波逐流的情操。

江边捕鱼的老人看见屈原满脸憔悴，就劝屈原说："既然整个世界都很混浊，为什么你一定要让自己一尘不染呢？既然众人都沉迷不醒，为什么你不去与世人共醉，反而要落到被放逐远方的地步呢？"屈原回答说："刚洗过头的人总是喜欢弹弹帽子，刚洗过澡的人总是喜欢掸掸衣服，是因为不想让衣帽上的污垢沾到自己的身体上。我宁愿跳进江心葬身鱼腹，也不想让自己的身体被玷污啊。"

楚顷襄王二十一年(公元前278年)，秦国大将白起攻破楚国的都城郢，焚毁了楚国的宗庙。不久，楚国大部分土地被并入秦国的版图。屈原面对国破之难，心中悲愤不已。

　　农历五月初五，在民间本是五毒尽出、百姓驱邪避疫的日子，在极度失望和痛苦中，屈原来到汨罗江边，抱起一块石头，慢慢向江心走去，他的身影逐渐消失在滚滚的波涛之中……

周围的百姓听到屈原以身殉国的消息，纷纷驾着小船一边在江中打捞屈原的尸体，一边用竹筒盛了米撒到水里，以免屈原的尸体被鱼吃掉。后来，这种举动就演变为民间五月初五吃粽子、赛龙舟的习俗。

冯 戈

就职于西华大学艺术学院美术系，常年从事美术教育工作与绘画创作，目前为西华大学艺术学院动漫原创基地主要负责人。

近年参与多项国内外企业动漫策划与艺术创作工作，并多次被《幻想》等专业杂志进行专题报道。编著的《时尚卡通秀·格斗人物》《现学现画动漫造型》《速写》《速写精品范画》《冯戈速写》等教学专著广受业界好评，并被国内部分高校用做美术专业教材。

王进才

王进才，网名：巨能盖。福建大学毕业，供职于中国网龙信息技术有限公司。

个人网站：http://blog.sina.com.cn/wjc565656。

国风

图书在版编目（CIP）数据

屈原投江/冯戈等绘. —郑州: 海燕出版社, 2011.1
（国风之战国风云）
ISBN 978-7-5350-4496-9

Ⅰ.①屈… Ⅱ.①冯… Ⅲ.①屈原（约前340~约前
278）—生平事迹—通俗读物 Ⅳ.①K825.6-49

中国版本图书馆CIP数据核字（2010）第238689号

书法题字：张同标
协作绘制：西华大学艺术学院动漫原创基地

策划编辑：左　泉
责任编辑：左　泉
美术编辑：刘　瑾
装帧设计：小　白
责任校对：冯锦丽
责任印制：邢宏洲
责任发行：马小军

出版发行　海燕出版社
　　　　　（郑州市经七路21号　　邮政编码 450002）
发行热线　（0371）65734522
经　　销　全国新华书店
印　　刷　恒美印务(广州)有限公司
开　　本　889毫米×1194毫米　　1/16
印　　张　3
字　　数　60千
版　　次　2011年1月第1版
印　　次　2011年2月第2次印刷
定　　价　22.50元